FRANCESCA SIMON

FELAKET HENRY'NİN PERİLİ EVİ

FRANCESCA SIMON Yale ve Oxford Üniversiteleri'nde eğitim gördükten sonra serbest gazeteci olarak çalıştı. Halen başarılı bir çocuk kitabı yazarı olarak, kocası ve oğlu Joshua ile birlikte Londra'da yaşıyor.

Horrid Henry's Haunted House
© 1999 Françesca Simon (text copyright)
© 1999 Tony Ross (illustration copyright)
1999'da The Orion Publishing Group Ltd Orion House'un yan kuruluşu olan Orion Children's Book (Londra) tarafından yayımlanmıştır.
Onk Ajans Ltd.

İletişim Yayınları 1036 • Çocuk Kitapları Dizisi 9
ISBN 975-05-0277-9
© 2004 İletişim Yayıncılık A. Ş.
1. BASKI 2004, İstanbul (1000 adet)

DIZI EDITÖRÜ Bahar Siber
EDITÖR Aksu Bora
KAPAK Suat Aysu
KAPAK FILMI 4 Nokta Grafik
UYGULAMA Hüsnü Abbas
DÜZELTİ Bahri Özcan
MONTAJ Şahin Eyilmez
BASKI ve CİLT Sena Ofset

İletişim Yayınları
Binbirdirek Meydanı Sokak İletişim Han No. 7 Cağaloğlu 34122 İstanbul
Tel: 212.516 22 60-61-62 • Faks: 212.516 12 58
e-mail: iletisim@iletisim.com.tr • web: www.iletisim.com.tr

FRANCESCA SIMON

FELAKET HENRY'NİN PERİLİ EVİ

Horrid Henry's Haunted House

İLLÜSTRASYON **Tony Ross**
ÇEVİRENLER **Seda ve Oğuz Aroymak**

iletişim

FRANCESCA SIMON

FELAKET HENRY'NIN PERİLİ EVİ

Horrid Henry's Haunted House

İLLÜSTRASYON Tony Ross
ÇEVİREN Ek Sahra Oğüz Aronuğul

Yerbury School'da öğretmenlik yapan
Mary Gibson'a
ve her zaman parlak fikirleri olan
Joshua'ya
sevgi ve teşekkürlerimle.

İÇİNDEKİLER

1
....

FELAKET HENRY VE RAHAT SİYAH KOLTUK

Oh, cumartesi! Haftanın en güzel günü, diye düşündü Felaket Henry, yorganı üzerinden atıp yataktan kalkarken. Okul yok! Ödev yok! Televizyon! Anne ve Baba, cumartesi sabahları geç kalkmayı severlerdi. Böylece Henry ve Peter sessiz oldukları sürece, onlar uyanana kadar televizyon seyredebilirlerdi.

Felaket Henry sahneyi gözünde canlandırabiliyordu. Rahat siyah koltuğa yayılacak, uzaktan kumanadayı eline alarak televizyonu açacaktı. Bugün bütün sevdiği programlar vardı; *Kır-Dök-Parçala*, *Mutant Max* ve *En İğrenç Kim*. Eğer acele ederse,

tam *Kır-Dök-Parçala* başlayacağı sırada
aşağıda olabilecekti.

Gürültüyle aşağıya indi, oturma odasının
kapısını hızla açtı ve felaket bir görüntüyle
karşılaştı.

Kardeşi Mükemmel Peter, elinde uzaktan
kumandayla rahat siyah koltuğa yayılmıştı.

Henry'nin nefesi kesildi. Bu nasıl
olabilirdi? Her zaman aşağıya ilk Henry
inerdi. Televizyon açıktı, ama
televizyondaki program *Kır-Dök-Parçala*
değildi. Televizyondan felaket tıngırtılı bir
ses geliyordu. Yo hayır! Bu dünyanın en
sıkıcı televizyon programı *Daffy ve Dans
Eden Papatyaları*'ydı.

"Hemen kanal değiştir. *Kır-Dök-Parçala* başladı!" diye emretti Henry.

"*Kır-Dök-Parçala* iğrenç bir program," dedi Peter tüyleri ürpererek ve uzaktan kumandaya sıkıca sarıldı.

"Sana kanalı değiştir dedim," dedi Henry tehditkâr bir sesle.

"Değiştirmeyeceğim. Kuralları sen de biliyorsun. Aşağıya ilk inen, rahat siyah koltuğa oturur ve ne seyredileceğine karar verir. Ben de *Daffy*'yi izlemek istiyorum," dedi Peter.

Henry kulaklarına inanamıyordu. Mükemmel Peter emirlerine karşı mı çıkıyordu?

"HAYIR!" diye bağırdı Henry. "*Daffy*'den nefret ediyorum ve *Kır-Dök-Parçala*'yı seyretmek istiyorum."

"Napalım, ben de *Daffy*'yi seyretmek istiyorum," dedi Mükemmel Peter.

"Ama *Daffy* bebek programı," dedi Henry.

"Dans edin küçük papatyalar, dans edin!" diyen Daffy'nin sesi duyuldu odada.

"La, la, la, la, la," diye şarkı söyledi papatyalar.

"La, la, la, la, la," diye eşlik etti Peter.

"Bebek, bebek," diye dalga geçti Henry. Eğer Peter'ı ağlatıp yukarı kaçırabilirsem, rahat siyah koltuğu da kaparım, diye düşünüyordu.

"Bebek Peter, bebek Peter!" diye alay etmeye devam etti Henry.

Peter gözlerini televizyona dikmiş, yerinden kımıldamıyordu.

Felaket Henry daha fazla dayanamadı. Peter'ın üzerine atladı, elinden uzaktan kumandayı kaptı ve Peter'ı yere itti. Kendisinin sinir bozucu bir androidi eriten Bay Kır-Dök-Parçala olduğunu hayal etti.

"AAAAAH! AAANNNNEEEE!" diye bağırdı Mükemmel Peter.

Felaket Henry rahat koltuğa kuruldu ve kanalı değiştirdi.

Bay Kır-Dök-Parçala'nın kötü birini havaya uçururken çıkardığı gırrrrr sesi duyuldu televizyondan.

"FELAKET HENRY, KES ŞUNU!" diye bağırdı Anne hiddetle kapıdan girerken. "ÇABUK ODANA!"

"HAAAYIR! Her şeyi Peter başlattı," diye mızıldandı Henry.

"HEMEN," diye bağırdı Anne.

"La, la, la, la, la," diye şarkılarına devam etti papatyalar.

13

ZIRRRRRRRRRR.

Henry alarmı kapattı. Ertesi cumartesi saat sabahın altısıydı. Henry'nin riske girmeye hiç niyeti yoktu. *En İğrenç Kim* başlamadan dişlerini sıkıp *Kalkın ve Eğlenin*'i seyretmesi gerekse bile. Bugünkü *En İğrenç Kim*'in reklamlarını görmüştü: "Kim bir yandan yapışkan fışkırtıcı tabancasıyla diğer yarışmacıları vururken, en fazla vişneli pasta yiyebilir?" yarışması vardı. Henry sabırsızlanıyordu.

Peter'ın odasından ses gelmiyordu. Ha ha, diye düşündü Henry. Rahatsız koltukta oturup, ben ne istersem onu seyretmek zorunda kalacak.

Felaket Henry zıplayarak oturma odasına gitti. Ve yerinde kalakaldı.

"Unutmayın çocuklar, yemek yerken her zaman çatal ve bıçağınızı kullanın," diyordu neşeli bir ses. Bu *Maggie ile Görgü Kuralları* programıydı. Televizyonun karşısında da ayağında terlikleri ve üzerinde sabahlığıyla rahat siyah koltuğa yayılmış Peter vardı. Felaket Henry bir an kötü oldu. Bir cumartesi daha boşa gitmişti. *En İğrenç Kim* programını izlemeliydi. Evet, muhakkak izlemeliydi.

Felaket Henry tam Peter'ı koltuktan aşağıya itmeye hazırlanırken durdu. Aklına müthiş bir fikir gelmişti.

"Peter! Anne ile Baba seni görmek istiyorlar. Acil olduğunu söylediler!"

Peter rahat siyah koltuktan kalkarak yukarıya koştu.

Ha ha, diye düşündü Felaket Henry.

ZAP!

"*EN KÖTÜ DIŞARI*" programına hoşgeldiniz!" diye bağırdı programın sunucusu Manyak Marvin. "Hepinizin midesi bulanacak bugün. İĞRENÇ! İĞRENÇ! İĞRENÇ!"

"Evet!" dedi Henry. "Muhteşem!"

Mükemmel Peter tekrar kapıda göründü.

"Beni görmek istemiyorlar. Ayrıca onları uyandırdığım için bana çok kızdılar," dedi Peter.

"Bana görmek istediklerini söylediler," dedi Henry, gözleri ekrana yapışmış halde.

Peter hareket etmeden durdu.

"Lütfen koltuğumdan kalk ve oturmama izin ver Henry," dedi.

Henry cevap vermedi.

"İlk önce ben kapmıştım," dedi Peter.

"Kes sesini, seyretmeye çalışıyorum," dedi Henry.

"Öğğğğğk, iğrenç," diye bağırdı televizyondaki seyirciler.

"Ben *Maggie ile Görgü Kuralları*'nı

izliyordum. Ağzını şapırdatmadan çorba içmeyi gösteriyordu," dedi Peter.

"Geçmiş olsun," dedi Henry. Sonra da "Oo, iğrenç!" diye kıkırdadı, ekranı göstererek.

Peter elleriyle gözlerini kapattı.

"Aannnnnnnneeeeee, Henry bana kötü davranıyor," diye bağırdı Peter.

Anne kapıda belirdi.

Çok kızgın görünüyordu.

"Henry çabuk odana! Uyumaya çalışıyoruz. Haftanın bir günü bize rahat veremez misiniz?" diye bağırdı.

"Ama Peter..."

"Dışarı!" dedi Anne kapıyı göstererek.

"Ama bu haksızlık," diye inledi Henry, ayaklarını sürüyerek dışarı çıkarken.

ZAP!

"Şimdi de görgü kuralları uzmanımız Kate, bize ekmeğe nasıl düzgün bir şekilde tereyağı sürüldüğünü gösterecek."

Henry, kapıyı çarparak çıktı. Bu Peter'ın rahat siyah koltukta son oturuşu olacaktı.

ZIRRRRRRRRRRRR.

Felaket Henry alarmı kapattı. Ertesi cumartesi sabah saat ikiydi.

Sabah *En İğrenç Kim* şampiyonluk

programı vardı. Yorganını ve yastığını alarak yavaşca odasından çıktı. Riske girmek istemiyordu. Bu gece rahat siyah koltukta uyuyacaktı. Ne de olsa Anne ve Baba, ne kadar erken kalkılabileceğine ilişkin bir şey söylememişlerdi.

Henry, parmaklarının ucuna basarak odasından koridora çıktı.

Peter'ın odasından ses gelmiyordu.

Anne'yle Baba'nın odasından ses gelmiyordu.

Henry yavaşça aşağıya inerek dikkatlice oturma odasının kapısını açtı. Oda kapkaranlıktı. En iyisi ışığı açmamak, diye düşündü Henry. Elleriyle duvara tutunarak, rahat siyah koltuğa ulaşana kadar ilerledi. Koltuğun kenarını eliyle yokladı. Ah, işte uzaktan kumanda oradaydı. Emin olmak için, kumandayı uyurken yastığının altına koyacaktı.

Henry kendini koltuğun üzerine attı ve yumuşak bir şeyin üzerine düştü.

"AAAAAAHHHHHHHHHHHHHHHH,"
diye bağırdı Henry.

"AAAAAAHHHHHHHHHHHHHHHH,"
diye bağırdı yumuşak şey.

"İMDAT!" diye bağırdı Henry ve
yumuşak şey.

Aşağıya koşan ayak sesleri duyuldu.

"Burada neler oluyor?" diye bağırdı Baba,
ışığı yakarak.

Henry gözlerini kırpıştırdı.

"Henry benim kafamın üzerine atladı!" dedi Henry'nin altından tanıdık bir ses burnunu çekerek.

"Henry burada ne yapıyorsun? Saat sabahın ikisi!" dedi Baba.

Henry'nin beyni çalışmaya başladı. "Aşağıda bir takım tıkırtılar duydum, hırsız mı diye bakmaya geldim," dedi.

"Henry yalan söylüyor. Rahat siyah koltuğu kapmak için aşağı indi," dedi Peter doğrulurken.

"Yalancı!" dedi Henry. "Peki sen burada ne yapıyorsun?"

"Uyuyamadım ve seni de uyandırmak istemedim Baba. Sessizce aşağıya inip, bir bardak su almak istedim. Sonra da uykum geldiği için birkaç dakikalığına uzandım. Özür dilerim, bir daha böyle bir şey olmayacak," dedi Peter.

"Pekâlâ," dedi Baba esneyerek. "Bundan sonra saat yediden önce aşağıya inmek yok.

Yoksa bir hafta boyunca televizyon seyretmek yasak. Anlaşıldı mı?"

"Evet, Baba," dedi Peter.

"Tamam," diye mırıldandı Henry.

Sonra da Mükemmel Peter'a ters ters baktı.

Mükemmel Peter da Felaket Henry'ye ters ters baktı. Sonra ikisi de yukarıya çıkarak odalarına girdiler.

"İyi geceler. Hmm, çok uykum var," dedi Henry neşeli bir sesle.

Ama Henry uyumadı. Düşünmesi gerekiyordu.

Herkes uyuyana kadar bekleyip, tekrar

aşağıya inebilirdi. Ama ya yakalanırsa? Bir hafta boyunca televizyon seyredememeye dayanamazdı.

Ama ya *En İğrenç Kim*'in şampiyonluk programını kaçırırsa? Ve Tankçı Thomas'la Lapa Tina'dan hangisinin kazandığını öğrenemezse? Henry bunu düşünerek titredi. Mutlaka bir çözüm olmalıydı.

Ah, işte buldum, diye düşündü. Saatini yediden önceye kurar ve aşağıya inen ilk o olurdu. Harika! *En Kötü Dışarı* beni bekle, geliyorum, dedi kendi kendine.

Ama bir dakika. Ya Peter'ın aklına da aynı fikir gelirse. Bu her şeyin boşa gitmesi demekti. Henry'nin işi sağlama alması gerekiyordu.

Henry kapısını açtı. Ortalık sakindi. Parmaklarının ucunda yürüyerek Peter'ın odasına süzüldü.

Peter mışıl mışıl uyuyordu. Yanında da saati duruyordu. Peter alarmın saatini değiştirmemişti. Ohh.

Tam o sırada Henry'nin aklına gerçekten çok hain bir fikir geldi. O kadar şeytanca, o kadar felaket bir fikirdi ki, bir an tereddüt etti. Ama Peter da Henry'nin sevdiği programları seyretmesini engelleyerek korkunç ve bencilce davranmamış mıydı? Kesinlikle davranmıştı. Ve bir kerelik de olsa, Peter'ın başının derde girmesi hoş olmaz mıydı?

Mükemmel Peter uykusunda dönerek "La, la, la, la, la," diye mırıldandı.

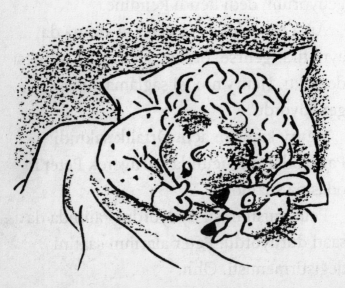

Bunun üzerine Henry ne yapacağına karar verdi. Peter'ın saatinin alarmını bir saat geriye aldı. Sonra Henry aşağıya indi ve televizyonun sesini sonuna kadar açtı. Gidip, Anne ile Baba'nın odasının kapısını açtıktan sonra da yatağına girdi.

"BÜYÜ VE GÖR! EN KÜÇÜKLER İÇİN SEBZE PROGRAMI! BÜTÜN BU HARİKA SEBZELERE BAKIN!"

Felaket sesler evde yankılanarak, Henry'yi yatağından kaldırdı.

"HENRY! Çabuk buraya gel!" diye bağırdı Baba.

Henry, annesiyle babasının odasına girdi.

"Ne oldu?" diye sordu esneyerek.

Anne'yle Baba şaşırmış görünüyorlardı.

"Aşağıda televizyon seyreden sen değil miydin?"

"Hayır. Ben uyuyordum," dedi Henry gerinerek.

Anne, Baba'ya baktı.

Baba, Anne'ye baktı.

"Yani saat altıda aşağıda televizyon seyreden Peter mı?"

"Hemen Peter'a buraya gelmesini söyle," dedi Baba.

Henry ilk defa ikiletmeden denileni yapmaya koştu. Aşağıya inerek oturma odasına daldı.

"Ben havuç yetiştiriyorum."

"Ben fasulye yetiştiriyorum!"

"Peter! Anne'yle Baba hemen seni görmek istiyorlar!" dedi Henry.

Peter, gözlerini *Büyü ve Göster* programından ayırmadı.

"PETER! Baba hemen seni yukarı çağırıyor!"

"Beni kandırmaya çalışıyorsun," dedi Peter.

"Hemen gitsen iyi olur, yoksa başın derde girecek," dedi Henry.

"Beni bir kere kandırdın, utanmalısın. Beni iki kere kandırırsan, ben utanmalıyım. Hiçbir yere gitmiyorum," dedi Peter.

"Şimdi, Timmy'nin yetiştirdiği şu güzel domateslere bakın," dedi televizyondaki tiz ses.

"Müthiş," dedi Peter.

"Seni uyarmadığımı söyleme," dedi Henry.

27

"PETER! BİR AY BOYUNCA TELEVİZYON YASAK! ÇABUK BURAYA GEL!" diye bağırdı Baba.

Peter ağlamaya başladı. Koltuktan kalkarak, odadan dışarı çıktı.

Felaket Henry, rahat siyah koltuğa yerleşti. Uzaktan kumandayı alarak kanalı değiştirdi.

ZAP!

Bay Kır-Dök-Parçala bir uzay gemisine binmiş, uzaylıları püreye çeviriyordu.

"Mükemmel, *Kır-Dök-Parçala* başlamış!" diye bağırdı Henry. Birazdan *En İğrenç Kim* başlayacaktı. Hayat ne kadar da güzeldi!

2

FELAKET HENRY'NİN PERİLİ EVİ

"Kesinlikle olmaz!" diye bağırdı Felaket Henry.

Haftasonu sevimsiz kuzeni Kasıntı Steve'lerde kalmayacaktı. Evet kesinlikle kalmayacaktı. Arabanın arkasında kollarını bağlamış oturuyordu.

"Evet olur," dedi Anne.

"Steve seni görmek için sabırsızlanıyor," dedi Baba.

Aslında bu pek doğru değildi. Geçen Noel'de, Henry Steve'i yeşil çamura buladığında ve Steve'in hediyelerininin birkaçına el koyduğunda, Steve intikam alma yemini etmişti. Henry bu şartlar altında Steve'den uzak durmanın daha doğru olacağını düşünüyordu.

Şimdi de Anne, Baba'yla bir yerlere giderken Henry'nin haftasonu Steve'lerde kalması için plan yapmıştı! Mükemmel Peter, Utangaç Ted'lerde kalacaktı, Henry ise Steve'e katlanmak zorundaydı.

"Bu ikinizin iyi arkadaş olması için güzel bir fırsat. Steve çok tatlı bir çocuk," dedi Anne.

"Kendimi hasta hissediyorum," dedi Henry öksürerek.

"Numara yapmayı bırak. Tüm sabah futbol oynayacak kadar iyiydin," dedi Anne.

"Çok yorgunum," dedi Henry esneyerek.

"Ruby Hala'nın evinde rahatça dinlenebileceğine eminim," dedi Baba.

"GİTMİYORUM!" diye ağlamaya başladı Henry.

Anne ve Baba, Henry'yi kollarından tutup Ruby Hala'nın kapısına sürüklediler ve kapıyı çaldılar.

Heybetli kapı hemen açıldı.

"Hoşgeldin Henry," dedi Zengin Ruby Hala, Henry'ye kocaman sert bir öpücük vererek.

"Henry, seni görmek ne kadar güzel," dedi Kasıntı Steve tatlı bir şekilde. "Üzerindeki kullanılmış kazak çok güzel."

"Şşt, Steve. Bence Henry çok yakışıklı görünüyor," dedi Zengin Ruby Hala.

Henry, Steve'e ters ters baktı. İyi ki yanımda Çamur Silahı'mı getirdim, diye düşündü. İçinden bir ses, silahına ihtiyacı olacağını söylüyordu.

"Görüşürüz Henry. Lütfen uslu ol. Ruby, şimdiden çok teşekkürler," dedi Anne.

"Bizim için zevk," dedi Ruby Hala inandırıcı olmayan bir sesle.

Heybetli kapı kapandı.

Henry, can düşmanıyla evde baş başa kalmıştı.

Henry, Steve'e ters ters baktı. Ne felaket bir çocuk, diye düşündü.

Steve, Henry'ye ters ters baktı. Ne felaket bir çocuk, diye düşündü.

"Akşam yemeği hazır olana kadar neden yukarı çıkıp Steve'in odasında oynamıyorsunuz?" dedi Ruby Hala.

"Önce Henry'ye yatacağı odayı göstereceğim" dedi Steve.

"İyi fikir," dedi Ruby Hala.

Henry isteksizce geniş merdivenlerden çıkan kuzenini takip etti.

"Eminim karanlıktan korkuyorsundur," dedi Steve.

"Tabii ki korkmuyorum," dedi Henry.

"Bu çok güzel," dedi Steve. Sonra da kocaman bir odanın kapısını açarak "Burası benim odam," dedi. Henry milyonlarca oyun ve oyuncakla dolu raflara imrenerek baktı.

"Tabii ki bütün oyuncaklarım yepyeni. Hiçbirisine dokunayım deme," diye tehditkâr bir şekilde fısıldadı Steve. "Hepsi *benim* ve onlarla sadece *ben* oynayabilirim."

Henry kaşlarını çattı. Kral olduğu zaman Steve'in kafasını hedef tahtası olarak kullanacaktı.

Yukarı doğru tırmanmaya devam ettiler. Tanrım, bu eski ev ne kadar da büyük, diye düşündü Henry.

Steve, çatı katında duvarları mavi ve pembe çiçek desenli duvar kâğıtlarıyla kaplanmış büyük bir odanın kapısını açtı. Odada antika bir yatak, yeni cilalanmış büyük bir dolap ve iki büyük pencere vardı.

"İşte perili odadasın," dedi Steve.

"Mükemmel, ben hayaletlere bayılırım," dedi Henry. Beni korkutmak için birkaç aptal hayaletten daha fazlası gerekir, diye düşündü.

"İstemiyorsan inanma. Ama hayaletler ulumaya başladıklarında beni suçlama," dedi Steve.

"Sen şişko büyük bir yalancısın," dedi Henry. Steve'in yalan söylediğine emindi.

Evet, evet Steve muhakkak yalan söylüyordu. Steve'in yalan söylediğine yüzde bir milyon emindi.

Noel'in intikamını almaya çalışıyor, diye düşündü Henry.

Steve omuz silkti. "Sen bilirsin. Halıdaki lekeyi görüyor musun?"

Henry yerdeki kahverengimsi lekeye baktı.

"Burası hayaletin buharlaştığı yer," diye fısıldadı Steve. "Tabii eğer bu odada kalmaya korkuyorsan..."

Henry, Steve'e korktuğunu itiraf etmektense kor ateşler üzerinde yürümeyi tercih ederdi.

Sanki hayatında daha sıkıcı bir şey duymamış gibi esnedi.

"Hayaletle tanışmayı dört gözle bekliyorum," dedi Henry.

"Güzel," dedi Steve.

"Çocuklar, yemek hazır!" diye çağırdı Ruby Hala.

Henry yatakta yatıyordu. Felaket yemeğe ve Steve'in sürekli pahalı kıyafetleri, oyuncakları ve lastik ayakkabılarıyla böbürlenmesine zor da olsa katlanmıştı.

Şimdi evin çatısındaki odada yalnızdı. Yerdeki kahverengi lekenin üzerinden atlayarak yatağa girdi. Kola veya başka bir şey lekesi olduğuna emindi, ama yine de...

Henry etrafına bakındı. Odada tek sevmediği şey yatağın karşısındaki büyük dolaptı. Karanlıkta sanki üstüne üstüne geliyordu. Dolaba bir ceset bile saklanabilir, diye düşündü, hemen peşinden keşke düşünmeseydim diyerek.

"Boooooooooooooooo."

Henry dikkat kesildi.

Bir inleme sesi mi duymuştu?

Sessizlik.

Bir şey yok, diye düşündü Henry yorganın altına gömülerek. Sadece rüzgâr.

"Booooooooooo."

Bu sefer ses biraz daha yüksekti. Henry'nin ensesindeki tüyler diken diken oldu. Sıkıca çarşafları kavradı.

"Huuuuuuuuuuuuu."

Henry yatakta oturdu.

"Huuuuuuuuuuuuuuuu."

Bir hayaletin nefes almasına benzeyen sesler dışarıdan gelmiyordu. Büyük dolaptan geliyor gibiydi.

Henry, ani bir hareketle başucu lambasını yaktı.

Ne yapacağım? diye düşündü Henry. Bağırarak halasının yanına koşmak istiyordu.

Ama doğrusu, Henry kıpırdamaya bile korkuyordu.

Dolabın içinde inleyen korkunç bir şey vardı.

Onu kapmaya hazırlanıyordu.

İşte o sırada Henry kim olduğunu hatırladı. Bir korsan grubunun lideri. O hiçbir şeyden korkmazdı (aşı olmak dışında).

Gidip dolabın içine bakacağım, diye düşündü. Ben bir erkek miyim yoksa fare mi?

Fare, diye düşündü.

Hâlâ hareket etmemişti.

"Booooooooooooooooo," diye inledi o ŞEY. Sesler giderek yükseliyordu.

ONUN beni avlamasını mı
beklemeliyim yoksa ilk hareketi
ben mi yapmalıyım, diye
düşündü Henry. Yavaşca eğilerek,
yatağın altından Çamur Silahı'nı
çıkardı.

Sonra da yavaşca ayaklarını yataktan
aşağı sallandırdı.

Pıtır.

Pıtır.

Pıtır.

Henry nefesini tutarak, dolabın önünde
durdu.

"HAHAHAHAHAHAHAHHAHAHA!"

Henry zıpladı. Sonra da hızlıca dolabın
kapısını açarak ateş etti.

ŞLAP!

"HAHAHAHAHHHAAAAHAAaaaaiiiiig..."

Dolap boştu. Sadece en üst rafta küçük
ve koyu yeşil bir şey vardı.

Şeye benziyordu, evet oydu.

Henry uzanarak o şeyi aldı.

O şey bir kasetçalardı. Yeşil çamurla kaplanmıştı.

İçinde bir kaset vardı ve üzerinde "Dr Jekyll'in korkunç sesleri," yazıyordu.

Steve, diye düşündü Henry kararlı bir şekilde. İNTİKAM!

"Rahat uyudun mu tatlım?" diye sordu Ruby Hala kahvaltıda.

"Kütük gibi," dedi Henry.

"Garip sesler duymadın mı?" diye sordu Steve.

"Hayır," dedi Henry tatlı tatlı

42

gülümseyerek. "Neden, sen bir şeyler mi duydun?"

Steve hayal kırıklığına uğramış gözüküyordu. Henry hiç renk vermedi. Akşamı iple çekiyordu.

Henry çok yoğun bir gün geçirdi.

Buz pateni yaptı.

Sinemaya gitti.

Futbol oynadı.

Akşam yemeğinden sonra, Henry doğruca yatmaya gitti.

"Çok güzel bir gündü. Ama çok yoruldum. İyi geceler Ruby Hala. İyi geceler Steve," dedi.

"İyi geceler Henry," dedi Ruby.

Steve, Henry'yi duymamazlıktan geldi.

Ama Henry kendi odasına gitmedi. Onun yerine gizlice Steve'in odasına girdi.

Steve'in yatağının altına saklandı ve beklemeye başladı.

Bir süre sonra Steve odaya geldi.

Henry o anda elini uzatıp Steve'in ince bileğini tutmamak için kendini zor tuttu. Aklında çok daha korkunç şeyler vardı.

Steve'in tavşanlı pijamalarını giyip, yatağa atlama sesini duydu. Işıklar sönene kadar bekledi.

Steve yukarıda kendi kendine şarkılar mırıldanarak yatıyordu.

"Dubi dubi duuu," dedi Steve.

Henry, yavaşca uzanıp yatağı alttan çok
hafifçe ittirdi.

Sessizlik.

"Dubi dubi duuuu," diye şarkı söyledi
Steve daha hafif bir sesle.

Henry tekrar uzanıp, yatağı tekrar
aşağıdan ittirdi.

Steve doğruldu.

Sonra tekrar geri yattı.

Henry tekrar çok hafifçe yatağı sarstı.

"Bana öyle geliyor herhalde," diye mırıldandı Steve.

Henry birkaç dakika hareketsiz bekledi. Sonra Steve'in yorganını hafifçe çekti.

"Anne," dedi Steve ağlamaklı bir sesle.

Henry bu sefer aşağıdan yatağı hızlıca ittirdi.

"AHHHHHHHHHHH!" diye bağırdı Steve . Yataktan fırladığı gibi odadan dışarı koştu. "ANNE! YARDIM ET! CANAVARLAR!"

Henry yavaşça odadan çıkarak, çatı katındaki odasına koştu. Hızla pijamalarını giyerek, gürültüyle Steve'in odasına indi.

Ruby Hala, yere çömelmiş Steve'in yatağının altına bakıyordu. Steve odanın köşesinde titreyerek bekliyordu.

"Burada hiçbir şey yok, Steve," dedi Ruby Hala.

"Ne oldu?" diye sordu Henry.

"Hiçbir şey," diye mırıldandı Steve.

"Karanlıktan korkmuyorsun değil mi?"
dedi Henry.

"Hadi yataklarınıza çocuklar," dedi Ruby
Hala. Sonra da odadan çıktı.

"Aaahhh, Anne. Yardım et! Canavarlar!"
diye dilini çıkararak Steve'in taklidini yaptı
Henry.

"ANNE! Henry felaket davranıyor!" diye
bağırdı Steve.

"HAYDİ YATAKLARINIZA, İKİNİZ DE!" diye bağırdı Ruby.

"Canavarlara dikkat et," dedi Henry.

Steve köşedeki yerinden kıpırdamadı.

"Bu akşam odaları değişmek ister misin?" diye sordu Heny.

Steve iki defa sorulmasını beklemedi.

"Evet," diye cevap verdi.

"Haydi yukarı çık. Tatlı rüyalar," dedi Henry.

Steve odasından ok gibi fırlayarak çıktı.

Hah hah, diye düşündü Felaket Henry Steve'in oyuncaklarını raflardan aşağı indirirken. Şimdi, acaba ilk önce hangisiyle oynasaydı?

Aa, evet. Ne olur ne olmaz diye çatı katındaki odada yatağın altına birkaç korkunç ses bırakmıştı.

3

FELAKET HENRY'NİN OKUL KERMESİ

"Henry! Peter! Okul kermesi için bağışlarınızı bekliyorum, HEMEN!"

Anne biraz sinirliydi. Huysuz Margaret'in annesiyle birlikte okul kermesinin organizasyonunda çalışıyordu ve Henry'ye eski oyuncaklarını ve oyunlarını bağışlaması için sürekli baskı yapıyordu. Felaket Henry vermekten nefret ederdi. o almayı severdi.

Felaket Henry odasının ortasında durdu. Bütün eşyaları yere yayılmıştı.

"Bu oyun tuğlalarını vermeye ne dersin? Onlarla artık hiç oynamıyorsun," dedi Anne.

"HAYIR" dedi Henry. Bir gün mutlaka işine yararlardı.

"Peki pelüş oyuncaklarına ne dersin? Benekli köpekle en son ne zaman oynamıştın?"

"HAYIR! O benim!" dedi Felaket Henry.

Mükemmel Peter, arkasından iki büyük torbayı sürükleyerek kapıda belirdi.

"İşte benim okul kermesi için bağışlarım Anne," dedi Mükemmel Peter.

Anne, torbaların içine bir göz attı.

"Bu kadar çok oyuncak vermek istediğine emin misin?" diye sordu.

"Evet. Diğer çocukların da onlarla oynayarak eğlenmesini istiyorum," dedi Peter.

"Ne kadar cömert bir çocuksun Peter," dedi Anne, ona sıkıca sarılarak.

Henry kaşlarını çattı. Peter isterse bütün oyuncaklarını verebilirdi. Ama Henry hiçbir şeyini vermek istemiyordu.

Bir dakika! Nasıl da unutmuştu?

Henry yatağının altına uzanarak, bir battaniyenin altına gizlenmiş büyük bir kutu çıkardı. Kutuda şimdiye kadar Henry'ye hediye edilen lüzümsuz, iğrenç hediyeler vardı. Bir paket mendil. Ördek desenli yelek. Doğa rehberi. Öğğ! Henry doğadan nefret ederdi. Kim çiçek ve ağaç resimlerine bakarak vaktini harcamak isterdi ki?

Ve en altta, en kötü hediye duruyordu. Konuşan-Yürüyen-Ağlayan-Gülen-Bebek.

Bebek o güne kadar hiç görmediği büyük teyzenin Noel armağanıydı. Teyzenin yazdığı kart hâlâ kutuda duruyordu.

Sevgili Henrietta

Senin gibi iki yaşındaki tatlı bir çocuk için, bu bebeğin güzel bir hediye olacağını düşündüm! Yeni bebeğine iyi bak!

Sevgiler

Büyük Teyze Greta

Daha da fenası, Peter'a mükemmel bir hediye yollamıştı.

Sevgili Pete
Oyuncak için fazla büyümüş olduğunu
düşündüğümden, güle güle harcaman için
25 Pound gönderiyorum. Hepsini
şekerlemeye harcama!
Sevgiler
Büyük Teyze Greta

Henry bağırıp ağlamıştı ama Peter parayı kapmış, Henry'ye de bebek kalmıştı. Bebeği satmaya çok utandığı için, diğer istenmeyen hediyelerle birlikte yatağının altına kaldırmıştı.

"Bunu al," dedi Henry, bebeğe bir tekme atarak.

"Anne Anne Anne, Bebe gak!" dedi bebek.

"Büyük Teyze Greta'nın hediyesi olmaz," dedi Anne.

"İster al ister alma. Diğerlerini de alabilirsin," dedi Henry.

Anne içini çekti. "Bazı şanslı çocuklar çok sevinecek." Sonra da bütün istenmeyen hediyeleri çekiliş çuvalına koydu.

Ohh! Sonunda bebekten kurtulmuştu! Kaba Ralph veya Huysuz Margaret bir gün geldiklerinde bebeği bulacaklar diye ödü kopmuştu. Bir daha ağlayıp zırlayan o uzun saçlı şeyi görmeyecekti.

Henry, Anne'nin okul kermesi için bağışlanan tüm oyuncakları ve oyunları koyduğu odaya gizlice girdi. Ertesi gün satışa çıkarılacak şeyler arasında işe yarar neler var diye bir bakmak istiyordu. Böylece hızlı davranabilir ve ilk sırada olabilirdi.

Odada piyango biletleri, şarap şişeleri, tombala torbaları ve çuvallar dolusu oyuncak vardı. Harika bir koleksiyon. Henry'nin tüm yapacağı, şu posteri yolundan çekip araştırmaya başlamaktı.

Henry posteri kenara çektikten sonra durakladı.

Acaba bu ne, diye düşündü. Sanırım açıp içinde ne olduğuna bakmaktan bir zarar gelmez.

Kurdeleyi dikkatlice çözdükten sonra posteri yere yaydı ve ne olduğunu görünce nefesi kesildi.

Bu, hazine haritasıydı! Hazinenin yerini tahmin eden harika bir hediye kazanırdı. Geçen yıl Hırçın Susan bir kaykay kazanmıştı. Ondan önceki yıl Neşeli Josh, Süper Islatıcı 2000 su tabancası kazanmıştı. Doğrusu hazinenin nerede olduğunu bulmaya çalışmaya değerdi! Felaket Henry şansını en az beş defa denerdi. Ama o kadar

talihsizdi ki, hazinenin yakınına bile
yaklaşamamıştı.

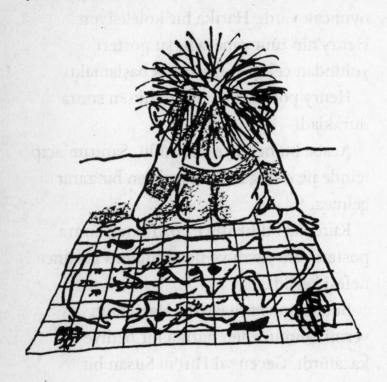

Henry haritayı inceledi. Haritada
mağaraları ve gölleriyle bir ada, adayı
çevreleyen deniz ve denizde balinalar,
köpek balıkları ve korsan gemileri vardı.
Harita numaralandırılmış yüz kareye

bölünmüştü. Bu yüz tane karenin birinin altında, hazinenin yerini gösteren X işareti vardı.

Şu güzel resme bakarım ben de, diye düşündü Henry. Uzun uzun baktı. X gözükmüyordu. Elini haritanın üzerinde gezdirdi. X hissedilmiyordu.

Henry derin bir nefes aldı. Bu haksızlıktı. O güne kadar hiçbir şey kazanamamıştı. Bu yıl büyük hediyenin Süper Islatıcı 5000 olacağına emindi.

Henry, haritayı katlamak üzere kaldırdı. Kalın kâğıdı ışığa doğru tuttuğunda, 42 numaralı karenin altında büyük bir X belirdi.

Hazine, balinanın gözünün altındaydı.

Henry, hazinenin gizli yerini tesbit etmişti.

"EVET!" dedi Felaket Henry, sevinçten yumruğunu havaya savurarak. "Sonunda şans bana da güldü!"

Ama bir dakika. Hazine haritası çekilişinden Anne sorumluydu. Henry kuyruktaki ilk çocuk olup da 42 numarayı seçerse, mutlaka şüphelenirdi. Peki birkaç çocuğun öne geçmesine izin verip, onların doğru kareyi seçmemelerini nasıl sağlayabilirdi? Birden aklına mükemmel, muhteşem bir fikir geldi...

"Tra la laa!" diye mırıldandı Henry, Anne, Baba ve Peter'la okul kermesine giderlerken.

"Bugün çok neşelisin, Henry," dedi Baba.

"Bugün kendimi çok şanslı hissediyorum," dedi Henry.

Oyun parkına koşarak girdi ve doğruca Hazine Adası tezgâhına gitti. Tezgâhın önünde, hazinenin nerede olduğunu bulmak için 20 penny ödemeye hazır çok sayıda çocuk sıralanmıştı. İşte sürpriz hediye de oradaydı; büyük, Süper Islatıcı boyutlarında bir kutu. Süper....

Sıranın başında Kaba Ralph vardı.

"Hşt Ralph," diye fısıldadı Henry. "X işaretinin nerede olduğunu biliyorum, eğer bana 50 penny verirsen sana yerini söylerim," dedi Henry.

"Anlaştık," dedi Ralph.

"92," diye fısıldadı Henry.

"Teşekkürler!" dedi Ralph. İsmini 92 numaralı kareye yazdıktan sonra, ıslık çalarak uzaklaştı.

Huysuz Margaret ikinci sıradaydı.

"Hşt Margaret," diye fısıldadı Henry. "X işaretinin nerede olduğunu biliyorum."

"Nerede?" dedi Margaret.

"Bana 50 penny verirsen söylerim," diye fısıldadı Henry.

"Sana neden güveneyim ki?" dedi Margaret yüksek sesle.

Henry omzunu silkti.

"Güvenme o zaman, ben de Susan'a söylerim," dedi Henry.

Margaret, Henry'ye 50 penny verdi.

"2," diye fısıldadı Felaket Henry.

Margaret ismini 2 numaralı kareye yazdı ve oradan uzaklaştı.

Henry, Tembel Linda'ya hazinenin 4 numaralı karede olduğunu söyledi.

Henry, Titrek Dave'e hazinenin 100 numaralı karede olduğunu söyledi.

Sulugöz William'a 2 numaralı karede, Endişeli Andrew'a ise 14 numaralı karede olduğunu söyledi.

Henry, artık doğru kareye kendi adını yazmasının vaktinin geldiğine karar verdi. Henry kandırdığı çocuklardan hiçbirinin yakınlarda olmadığından emin olduktan sonra, İriyarı Bert'in arkasından sıraya daldı. Cepleri paradan ağırlaşmıştı.

"Kaç numarayı istiyorsun Bert?" diye sordu Anne.

"Bilmem," dedi Bert.

"Merhaba Anne. İşte benim param. Hmmm, acaba hazine nerede olabilir?" dedi Henry.

Haritayı inceler gibi yaptı. "Sanırım

şansımı 37 numarada deneyeceğim," dedi.
"Hayır bekle, 84. Yok yok, bekle, karar
veriyorum..."

"Acele et Henry," dedi Anne. "Diğer
çocuklar da oynamak istiyor."

"Tamam, 42," dedi Henry.

Anne, Henry'ye baktı. Henry ona
gülümsedi ve ismini 42 numaralı kareye
yazdı.

Sonra da oradan uzaklaştı.

Daha şimdiden Süper Islatıcı'yı ellerine
aldığını hissedebiliyordu. Öğretmenleri
ıslatmak çok zevkli olacaktı!

Felaket Henry, harika bir gün geçirdi.
"Öğretmeni Şişle" tezgâhında Bayan
Acuze'ye ıslak süngerler attı. Sınıf
dansına katıldı. Tombalada bir bilye
kazandı. Hatta piyango çekilişinde
biletlere bir dolu para harcadığı ve hiçbir
şey kazanmadığı halde, Mükemmel Peter

bir kutu not kâğıdı kazandığında, sesini bile çıkarmadı.

"ŞİMDİ HAZİNE HARİTASI YARIŞMASININ TALİHLİSİNİ BELİRLEME ZAMANI," diyen bir ses oyun parkında yankılandı.

Birden Henry'nin aklına kötü fikirler geldi. Ya Anne son anda X'in yerini değiştirmiştiyse? Buna dayanamazdı. Kesinlikle dayanamazdı. Süper Islatıcı onun olmalıydı!

"Ve kazanan numara..." Anne Hazine Haritası'nı kaldırdı... "42! Kazanan... Henry."

"Evvet!" diye bağırdı Henry.

Kaba Ralph, Huysuz Margaret, Tembel Linda, Sulugöz William ve Endişeli Andrew bir ağızdan "Ne?" diye bağırdılar.

"İşte hediyen, Henry," dedi Anne ve Henry'ye büyük kutuyu verdi.

"Tebrikler." Anne çok sevinmiş gözükmüyordu.

Henry, paketin kâğıdını heyecanla yırttı. Ödülü Konuşan-Yürüyen-Ağlayan-Gülen-Bebek'ti.

"Anne Anne Anne, Bebe gak," dedi bebek.

"AAAAHHHHHHHH!" diye inledi Henry.

4

....

FELAKET HENRY GÖRGÜ KURALLARINA UYUYOR

"Henry ve Peter! Mektubunuz var!" dedi Anne.

Henry ile Peter, merdivenlerden aşağı fırtına gibi indiler. Felaket Henry, mektubunu kaptı ve yeşil zarfı yırtarak açtı. Küflenmiş çorap kokusu çevreye yayıldı.

Hey Henry!

**Ben Manyak Marvin. Görünüşe göre, *En İğrenç Kim*
için aradığımız çılgın sensin! Cumartesi sabahı
9.00'da Televizyon Binası'na gel ve kendini göster.
Canlı yayında her şey olabilir!**

Marvin

"*En İğrenç Kim*'e yarışmacı olarak
seçilmişim!" diye haykırdı Henry,
merdivenlerde dans ederek. Hayalleri
gerçek olmuştu. "Tanker Thomas ve Lapa
Tina ile birbirimize bir şeyler fışkırtırken,
bir taraftan da yiyebildiğim kadar
dondurma yiyeceğim!"

"Kesinlikle olmaz!" dedi Anne. "O iğrenç
yarışmaya katılmayacaksın."

"Aynen öyle," dedi Baba. "O yarışma
iğrenç."

"Öyle olması gerekiyor zaten!" dedi
Felaket Henry. "Amaç o zaten."

"H-A-Y-I-R, diyorsam hayır demektir,"
dedi Anne.

"Siz dünyadaki en acımasız, en korkunç anne-babasınız," diye bağırdı Henry. "Sizden nefret ediyorum!" Kendini koltuğun üzerine attı ve ağlamaya başladı. *"EN İĞRENÇ KİM'E KATILMAK İSTİYORUM! EN İĞRENÇ KİM'E KATILMAK İSTİYORUM!"*

Mükemmel Peter mektubunu açtı. Zarftan hoş bir lavanta kokusu yayıldı.

Sevgili Peter,

Görgü kurallarının önemi üzerine yazdığın mektup bir harikaydı! Ödül olarak, seni cumartesi sabahı 9.00'da Televizyon Binası'ndaki Maggie ile

Görgü Kuralları *programının canlı
yayınına özel konuğum olarak davet
ediyorum.*

*Bizi izleyen çocuklara, bir peçetenin
mükemmel bir biçimde nasıl katlanacağını,
çatal ile bıçağın nasıl tutulacağını ve çatal
ile kaşık kullanarak nasıl spagetti yeneceğini
göstereceksin.*

*Seninle tanışmayı ve güzel davranışlarını
görmeyi sabırsızlıkla bekliyorum.*

Sevgiler,

Maggie.

"Maggie ile *Görgü Kuralları* programına
davet edilmişim!" dedi Peter gururla.

"Peter, bu harika bir haber!" dedi Anne
ve ona sarıldı.

"Seninle gurur duyuyorum," dedi Baba
ve ona sarıldı.

Felaket Henry bağırmayı kesti.

"Bu haksızlık!" dedi Henry. "Peter, en

sevdiği televizyon programına çıkabiliyorsa, ben neden çıkamıyorum?"

Anne ve Baba birbirlerine baktılar.

"Haksız sayılmaz," dedi Baba, içini çekerek.

"Programa çıktığını kimseye söylemek zorunda değiliz," dedi Anne içini çekerek.

"Pekâlâ, Henry. Yarışmaya katılabilirsin."

"YUPPİİ!" diye bağırdı Henry ve koltuğun üzerinde zafer dansını yapmaya başladı.

Sonunda büyük gün gelmişti. Felaket Henry Çamur Silahı'yla o kadar çok alıştırma yapmıştı ki, otuz adımdan Mükemmel Peter'ın burnunu vurabiliyordu. Aynı zamanda, ağzına kaşık kaşık dondurma tıkıştırma çalışmaları da yapmıştı, tabii Anne'ye yakalanana kadar.

Mükemmel Peter, o kadar çok mendil katlama alıştırması yapmıştı ki, artık tek eliyle bile katlayabiliyordu. Kimse spagettiyi çatala onun kadar güzel saramaz, çatal-bıçağı onun kadar kibar tutamazdı.

Saat tam dokuzda Anne, Henry ve Peter, Televizyon Binası'na girdiler. Henry açlıktan ölüyordu. Daha fazla dondurma yiyebilmek için kahvaltı etmemişti.

Felaket Henry, eski bir kot ve kirli bir kazak giymişti. Mükemmel Peter, ceket giymiş ve kravat takmıştı.

Kızıl saçlı ve çilli bir kadın, aceleyle yanlarına geldi.

"Merhaba, ben Süper Sally. Televizyon Binası'na hoşgeldiniz. Acele etmeliyiz çocuklar, geç kalıyoruz. Gelin sizi katılımcıların bekleme odasına götüreyim. Beş dakika sonra yayındasınız."

"Ben de onlarla kalamaz mıyım?" dedi Anne.

"Anne-babaların alt katta, bekleme odasında kalması gerekiyor," dedi Süper Sally. "Çocukları bekleme odasındaki monitörlerden izleyebilirsiniz."

"İyi şanslar çocuklar," dedi Anne el sallayarak.

Koridorda hızla yürürlerken, Sally Peter'a baktı.

"Üzerindeki güzel giysilerin kirlenmesinden korkmuyor musun?" dedi Sally.

"Ben giysilerimi hiç kirletmem," dedi Peter.

"Her şeyin bir ilki vardır," diye kıkırdadı Sally. "İşte bekleme odası burası. Sizin çekimlerinizin yapılacağı 1 ve 2 numaralı stüdyolara şu kapılardan geçiliyor."

Odada bir koltuk ve iki sehpa vardı. *En İğrenç Kim* yazanın üzeri şekerleme, cips ve gazlı içeceklerle doluydu.

Maggie ile Görgü Kuralları yazılı ikinci sehpanın üzerine beyaz bir örtü örtülmüştü. Porselen bir tabakta, ufak tefek birkaç sebze duruyordu.

Felaket Henry, birden heyecanlandı. Bugün televizyon yıldızı olacaktı! Buna hazır mıydı? Karnı da o kadar açtı ki! Midesi ezildi.

"Çişim geldi," dedi Felaket Henry.

"Tuvaletler yan tarafta," dedi Süper Sally. "Çabuk ol. Bir dakika sonra yayındasınız."

Mükemmel Peter çok sakindi. O kadar çok alıştırma yapmıştı ki, mükemmeldi. Ne iğrenç yiyecekler, diye geçirdi içinden *En İğrenç Kim* programının sehpasına yaklaşarak.

Savaştan çıkmış gibi görünen bir adam odaya daldı.

"Hah, işte buradasın!" diye gürledi. "Gel bakalım! Büyük an geldi!"

"Ben hazırım," dedi Peter, mendilini sallayarak.

Adam onu üzerinde "Stüdyo 1" yazılı kapıdan içeri sürükledi.

Henry, bekleme odasına döndü.

Topuklu ayakkabılar giymiş, inci kolyeli bir kadın kapıdan kafasını uzattı.

"Sıran geldi tatlım!" dedi kadın. "Aman Tanrım, biraz dağınık görünüyorsun. Neyse yapacak bir şey yok," dedi ve Henry'yi üzerinde "Stüdyo 2" yazılı kapıdan geçirdi.

Henry, kendini pırıl pırıl aydınlatılmış bir sahnede buldu. Parlak ışıklar altında gözlerini kırpıştırdı.

"Haydi, bugünün konuğuna hep birlikte hoşgeldin diyelim!" diye bağırdı birisi. Bir *kadın* sesiydi.

Stüdyodaki seyirciler alkışlamaya başladılar.

Henry donup kaldı. Bu kadın da kimdi? Manyak Marvin neredeydi?

Bir yerde bir hata var, diye düşündü. Burası *En İğrenç Kim*'in çekildiği stüdyo değildi. Burası pembe ve sarı renkli bir

mutfaktı. Yine de bir yerlerden tanıdık geliyordu...

Aynı sırada Stüdyo 1'de, Mükemmel Peter ellerinde Çamur Silahlarıyla ve dev dondurma kâseleriyle üzerine doğru gelen iki koca çocuğun karşısında bir köşeye sinmişti.

"Sen Maggie değilsin!" dedi Peter. "Ve ben bunu kullanmayı bilmiyo..."

"Şişleyin onu çocuklar!" diye bağırdı Manyak Marvin.

"İMDAAAAT!" diye haykırdı Peter.

ŞLAAP!

Stüdyo 2'de, Henry aniden nerede olduğunu anladı.

"Haydi, utanma tatlım!" dedi sunucu. Hızla Henry'nin yanına gelip elini sıkıca tuttu. "Peter, bize mendilin nasıl katlandığını ve nasıl güzel yemek yendiğini gösterecek!" Bu, *Maggie ile Görgü Kuralları*'ndaki Maggie'ydi.

Henry ne yapmalıydı? Televizyonda canlı yayındaydı! Bütün kameralar onu çekiyordu. Korkunç bir hata yapıldığını haykırsa, gösteriyi mahvederdi. Ne olursa olsun gösteri devam etmeliydi, bunu bilmiyor muydu? *Maggie ile Görgü Kuralları* gibi berbat bir gösteri bile.

Henry, gülümseyerek ve izleyicileri selamlayarak sahnenin ortasına doğru yürüdü.

"Şimdi Peter bize, bir mendilin mükemmel bir şekilde nasıl katlandığını gösterecek."

"HAAAAPŞUUU!" diye hapşırdı Felaket Henry. Sonra da burnunu koluna sildi.

İzleyiciler kıkırdadı. Maggie şaşkınlıktan donakalmıştı.

"Me... mendil," diye hatırlattı.

"Ha, tabii," dedi Henry. Ceplerini yoklayıp, birkaç buruşuk, eski kâğıt mendil parçası çıkardı.

"Al, benimkini kullan," dedi Maggie yavaşca.

Henry işlemeli mendili alıp topak yaptı ve cebine tıkıştırdı.

"Çocuk oyuncağı," dedi Henry. "Topak yap ve tıkıştır. Fakat gömleğinizin kolu da aynı işi görürken, mendile ne gerek var?"

Maggie yutkundu. "Çok komik, sevgili Peter! Şaka yaptığını biliyoruz, değil mi çocuklar! Eveet, şimdi de çocuklara..."

Fakat Felaket Henry, üzerinde çikolatalı pasta ve koca bir tabak spagetti duran masayı fark etmişti. Mmmhh! Henry bir şey yemeyeli o kadar çok olmuştu ki.

"Hey, bu pasta harika görünüyor!" dedi

Henry. Hemen masaya gidip, büyük bir dilim kesti ve ağzına tıktı.

"Yemeği kes!" diye fısıldadı Maggie. "Mendil gösterisini henüz bitirmedik!"

Fakat Henry durmadı.

"Mmm, çok lezzetli," dedi parmaklarını yalayarak.

Maggie bayılmak üzereydi.

"Haydi Peter, çocuklara nasıl kibarca çatal-bıçak kullanıldığını göster," dedi dişlerini sıkarak.

"Çatal bıçak insanı yavaşlatıyor. Ben hep ellerimle yerim. Bak."

Felaket Henry, çikolataya bulanmış ellerini salladı.

"İlk kez televizyona çıkmanın heyecanından olsa gerek, *bana da* pastadan (bir dilim) ikram etmeyi unuttun," dedi Maggie. Dehşet içinde, Henry'nin kenarından bir parça kopardığı pastaya bakıyordu.

"Ama hepsini ben yemek istiyorum!" dedi Henry. "Açlıktan ölüyorum. Git kendine başka bir pasta bul."

"Şimdi size nasıl spagetti yeneceğini göstereceğim," dedi Maggie, onu duymazlıktan gelerek. "Zaten önce spagettiyi yemeliydik, biliyorsunuz yemekten önce tatlı yenmez."

"Ben yerim!" dedi Henry.

"Kaşığını sol elinde, çatalını da sağ elinde tut, spagettiden ufacık bir parça alıp çevirmeye başla. Bakalım küçük yardımcım

bunu başarabilecek mi? Eminim evde
alıştırma yapmıştır."

"Elbette," diye yalan söyledi Henry. Ne
kadar zor olabilirdi ki? Kaşığı eline aldı,
çatalını koca bir spagetti öbeğine daldırıp
başladı çevirmeye. Mutfağın her tarafında
spagettiler uçuşuyordu. Maggie'nin
kafasına da birkaç parça düşmüştü.

"Hay Allah!" dedi Henry. "Bir daha deneyeyim." Maggie'nin müdahale etmesine kalmadan, spagettiden bir çatal dolusu daha kaptı.

"Bu da hep dökülüyor," dedi Henry. "Dinleyin çocuklar, parmaklarınızı kullanın, böylesi çok daha hızlı." Bir avuç spagetti alıp ağzına tıktı.

"Mmm, çok güzel," diye mırıldandı, ağzını şapırdatarak.

"Dur! Dur!" dedi Maggie. Sesi ince bir çığlığa dönüşmüştü.

"Ne oldu ki?" dedi Henry, ağzından spagetti parçaları sarkarken.

Henry birden bir çığlık duydu. Sonra Peter, üstü başı çamurla kaplanmış halde stüdyoya daldı. Peşinde, ellerinde Çamur Silahlarıyla bağrışan çocuklar vardı.

"Maggie! Kurtar beni!" diye çığlıklar atan Peter, silahını bırakıp kendini Maggie'nin kollarına attı.

"Bana öğün arasında yemek yedirmeye çalışıyorlar!"

"Benden uzak dur, seni korkunç çocuk!" diye bağırdı Maggie.

Çamur Silahı çetesi nihayet ortaya çıktı, diye düşündü Henry. Geç de olsa, hiç olmamasından iyidir.

"Haaayyt!" Henry, Peter'ın silahını kaptığı gibi masanın üzerine fırladı ve

Lapa Tina, Tankçı Thomas ve izleyicilerin
çoğunu çamur içinde bıraktı.

ŞLAAP!

"İmdat!" diye çığlık attı Maggie,
yüzünden yeşil çamur ve spagetti akarak.

"İmdat!" diye çığlık attı Peter,
saçlarından yeşil çamur ve spagetti akarak.

"KES!" dedi yönetmen.

Felaket Henry, rahat siyah koltuğa uzanmış
kanal değiştiriyordu. Ne yazık ki, çığlıklar
atan Maggie'yi stüdyodan sürükleyerek
çıkardıklarından beri, *Maggie ile Görgü
Kuralları* yayından kaldırılmıştı. Yakında
Mildred ile Hınzırlık yayınlanmaya
başlayacaktı. Henry, ona da katılmalıyım,
diye düşündü.

FELAKET HENRY

Felaket Henry karete kursuna gitmek isterken zorla dans kursuna sürükleniyor, Huysuz Matgaret'le mutfağa girip dünyanın en iğrenç "glop"unu yapıyor, kamp tatilini ailesine zehir ediyor ve küçük kardeşi Peter'a benzemek için var gücüyle çalışıyor.

FELAKET HENRY
VE GİZLİ KULÜP

Felaket Henry aşıdan kaçmak için bin
dereden su getiriyor, kendisini Gizli
Kulüp'e almak istemeyen Huysuz
Margaret'ten intikam almak için plan
yapıyor, kendi doğumgününde çıngar
çıkartıyor ve anne-babasını kardeşi
Mükemmel Peter'ın yaramazlıklarına
inandıramıyor.

FELAKET HENRY
DİŞ PERİSİNE
OYUN OYNUYOR

Felaket Henry, Diş Perisi'nden para
koparmak için ona oyun oynuyor, Huysuz
Margaret'i yatılı misafir olarak ağırlıyor,
öğretmenlerini sınıftan koşarak kaçırıyor ve
kuzini Çıtkırıldın Polly'nin düğününü
mahvediyor.

FELAKET HENRY'NİN BİTLERİ

Felaket Henry bitlenince çareyi bitlerini bütün sınıfa yaymakta buluyor, okul gezisinde sınıftan kopup kendi başına program yapıyor, akşam yemeğine gelen misafirleri kendi hazırladığı menüyü yemeye ikna ediyor ve kardeşi Mükemmel Peter'i Ezenpençe'yle tanıştırıyor.

FELAKET HENRY
ÇABUK ZENGİN OLMA PEŞİNDE

Felaket Henry Noel'de istediği hediyeleri
almak için türlü numaralar çeviriyor,
okulun spor gününde ortalığı birbirine
katıyor, ailesinden sıkıldığı için
evden kaçıyor ve para kazanıp
zengin olmanın en parlak yolunu buluyor.